Ліана Кулик

ЛЕБЕДИНЕ КОХАННЯ

-Даринко, донечко, зачекай маму! Маленька дівчинка років семи бігла по полю до річки, а її наздоганяла мати. Обидві були вдягнені в вишиванки та плахточки. Жінка у червоному очіпку, а дівчинка у віночку.

Кольорові стрічки віночка десь танцювали далеко попереду, і мати силувалась наздогнати прудке дитинча, оскільки попереду була річка. Дзюркотіння річки було чуть ще здалеку.

Жінка схвильовано роззирнулась і побачила, що її донька роздивляється вербу, яка покірно схилилась над річкою. Малятко то вдумливо дивилась на дерево, то обходила його з усіх боків.

Мати тільки осторонь спостерігала за своєю єдиною потіхою. Раптом Даринка прийняла серйозний вигляд і, ставши навколішки, повернулась в бік річки.

-Мамо, дивись, я схожа на вербу? — прошепотіла вона тихо, ніби боючись, що її почує верба.

І тільки зараз мати помітила, що дійсно ця верба схожа на дівчину: її стовбур тендітний, а віти стеляться по воді, неначе волосся.

-Так, доню, дійсно схожа.

Минали роки. У жінки з`явилися зморшки. А маленька Даринка стала вродливою дівчиною. Але вона ніколи не забувала про вербу. Це дерево стало ніби подругою для дівчини.

Коли їй було сумно Даринка прибігала до річки і обіймала дерево. Коли їй хотілось з кимось погомоніти, дівчина сідала під деревом і розмовляла з ним.

Цього вечора Даринка теж
прибігла до річки. Щось їй боліло.
По її обличчю текли сльози.
Дівчинка пригорнулась до дерева
і сказала:

Вербичко – сестричко, - звернулась вона. – Я так кохаю Миколу, а він навіть не дивиться на мене. Адже ж я вродлива дівчина. А він говорить тільки про Ориську. Болить моє серце від того.

Дівча плакало й плакало і навіть
не знало, що верба все розуміє.
Віти верби зашепотіли колискову,
а очі Даринки заплющилися, і
вона побачила дивний сон.

Дівчина сидить на березі річки, а біля неї подруга з довгим русявим волосссям. Її обличчя Даринка не пам`ятає, але відчуває, що добре знає цю дівчину. І ось подруга повертається до Даринки і починає розповідати історію:

- Колись була я лебідкою з двома крилами, з тоненькою шийкою, маленькою голівкою і чудовим м`яким пір`ячком. Взимку зі своєю родиною ми літали в теплі краї, а навесні поверталися на рідну землю, і бавилися з іншими лебедятами в очереті цієї річечки.

Під час одного перельоту, я була зовсім знесила. Ми зупинилися перепочити на якомусь озері. Я відпливла подалі від родини і знайшла м`якеньке гніздечко. Сховавши свою голівку під крило, я заснула...

І ось Даринка ніби на власні очі бачить Лебідку, яка згорнулась в гніздечку. Аж раптом з- під берега вилізла гадюка й вкусила пташку. Від нестерпного болю Лебедиця стрепенулася, хотіла летіти, але біль не давав розправити крила.

Їй стало страшно. Пташине серце невгамовно калатало в грудях, до нестями боліло крило. Від втрати крові Лебідка знепритомніла. Але вона відчувала, що до неї хтось підійшов і забрав з собою. Чула голос, який казав: « Її вкусила змія».

- Більше нічого не пам`ятала. Коли отямилась, то побачила, що в людському будинку, а біля неї юнак. Вродливий навіть для пташки. Чорнявий і з великими зеленими очима.

Лебідці спочатку було боязко. Хотілося до мами і вона почала бити крильми. Вона то злітала, то подала. В цей момент юнак дістав сопілку і заграв чарівну мелодію.

Щось особливе почула Лебідка в тій мелодії. Вона довірилась юнаку і він став піклуватися про пташку. Розмовляв з нею, лікував, годував зі своїх долонь, жартував і багато грав на сопілці. Ці мелодії полонили серце пташки. І сталося диво!

Диво, якому дивувався весь світ. Бідна Лебідка закохалася у юнака. Та вона була лише пташкою і не могла зізнатися в своїх почуттях.

Як тільки Лебідка одужала, парубок відніс її на озеро до родини. Всі лебеді від радощів плавали навколо лебідки і били крильми по воді. Але пташка була сумна.

Весь час вона проводила сама. І тільки мати – лебідка здогадалась чому сумна її донька. А коли дізналась, що та замислила, голівка старої лебедихи схилилась, а з очей стікали сльозинки.

Але яка б не була нещасна мати вона все зробить щоб зробити доньку щасливою. І ось Даринка спостерігає незвичайне видовище.

Усі лебеді, зібравшись навколо молодої Лебідки, починають голосно гельготіти, потім цей гельгіт переростає у чудернацький пташиний танок. І враз, ніби не у ві сні, а в дійсності, Лебідка піднялася вгору, голівка її випрямилася, пір`я осипалося і з`явилася... дівчина.

Мрія Лебідки здійснилася і тепер вона була дуже щаслива. Закохане дівча швидко побігла шукати свого коханого.

Неначе бігла й неначе летіла до його будинку. Юнак зустрів дівчину з посмішкою, почав до неї жартувати. І Лебідка хотіла кинутись йому в обійми, зізнатися в коханні, але вона тільки ковтала повітря ротом і немогла вимовити жодного слова.

Але для неї це було неважливо. Вона знала що блиск в її очах красномовніший за слова. Та парубок хіба був іншої думки. Коли він зрозумів, що дівчина не може говорити, він спочатку насупив брови, а потім зовсім пішов.

Лебідка бігла слідом, хапала його руки і прикладала до серця. На що хлопець гримнув сердито. Дівчину не полишала надія. Адже в грудях билося лебедине серце, яке знає що таке вірність.

Вона чекала Юнака кожен ранок і кожен вечір, поки він повернеться з вечорниць. І одного разу юнак повернувся з вечорниць не сам. А невдовзі й одружився на тій дівчині.

Тільки тепер Лебідка пожалкувала, що заради кохання залишила родину. Ніби ножі краяли їй серце і душу. Сльози водоспадами лили з її очей.

Дівчина прибігла до річки і почала чекати на свою пташину родину. Вона була впевненна, що все можна виправити, що лебеді обов`язково її звідси заберуть. Час тягнувся довго. Літо закінчилося і прийшла з дощами й холодними вітрами осінь.

А за нею й зима. Сніг безжалісно покривав самотню постать Лебідки. І вона вже й сама не вірила, що дочекається весни.

І коли весняні сонячні зайчики застрибали на її обличчі, а в небі пролунало таке рідне й приємне гельготіння, у Лебідки не були сили й підняти голови. Дівчина тихим голосом прогельготіла у відповідь: «Заберіть мене з собою.»

Нащо птахи відповіли сумним: « Не можемо.» Вони довго кружляли в хмарах і по-пташиному плакали разом з сестрою.

– І стала я вербою, а люди назвали мене плакучою, – закінчила свою розповідь дівчина.

Прокинувшись, Даринка обійняла вербу міцно- міцно.

Вона озирнулася і побачила Миколу. Його чорне волосся і зелені очі нагадали дівчині того чоловіка зі сну, в якого закохалася Лебідка, тільки молодшого. Микола сидів на березі річки, опустивши голову. Дарина помітила сльози на його обличчі.

- Миколо, як ти? Щось сталось? - невпевнено запитала Дарина. Хлопець кивнув. - Сьогодні вранці помер мій батько, і залишив мені це... – він показав сопілку. Дівчина несміливо торкнулась його плеча. - - То заграй мені, кажуть - музика лікує.

Юнак подивився недовірливо їй в очі і підніс до губ музичний інструмент.

Микола грав на сопілці, і серце дівчини затріпотіло як птах в клітці.

Даринка відчула щось дивне в тілі: її руки перетворилися на два білих крила, шия видовжилась, і все її тіло покрилося пір`ям. Вона заплющила очі і дозволила собі перетворитися.

А коли розплющила їх знову, то замість свого коханого побачила прекрасного білого лебедя. Вони пильно подивились в очі один одному, їх шиї з`єднались в міцних обіймах. "Хочеш полетіти зі мною?" - запитав він самим серцем.

Два закоханих лебедя піднялися в небо, а їм навздогін махала вітами і плакала верба. Я думаю, що птахи зів`ють собі гніздечко, і кожної весни повертатимуться, де їх лебедята скубтимуть траву під плакучою вербою, і вона пеститиме їх своїми гілочками.

The end

Привіт!
Мене звати Лана.
Я створила цю історію, коли була такогож віку як і ти зараз, і вірила в чудеса. Бажаю, щоб ти ніколи не переставав/ла вірити в чудеса! Якщо вам сподобалася ця історія, будь ласка, намалюйте власних лебедів і надішліть мені сюди:

https://www.facebook.com/svetlana.bockun/

https://www.instagram.com/lana_kulyk/

З любов`ю Лана

10 найцікавіших фактів про лебедів з усього світу:

1. Лебеді - одні з найбільших літаючих птахів, найбільші види можуть досягати довжини до 1.5 метра і важити до 15 кілограмів.

2. Чорні лебеді не є природними для Європи; їх було завезено до Європи з Австралії у XIX столітті.

3. Лебеді зазвичай утворюють пари на все життя, але іноді можуть "розлучитися", особливо якщо у них не виходить мати потомство або їх гніздо було знищено.

4. Лебеді можуть бути агресивно територіальними і будуть боротися з будь-ким, хто наблизиться до їх гнізда під час сезону розмноження.

5. Залежно від виду, лебеді можуть жити до 24 років.

6. Групи лебедів мають різні назви: у польоті вони називаються "клином", на воді - "зграєю", а коли збираються на березі водойми - "берегом".

7. Лебеді висиджують в середньому п'ять яєць за кладку і сидять на них до 45 днів перед вилупленням.

8. Лише три компанії у Великобританії мають законне право володіти лебедями: Abbotsbury Swannery, The Vintners Company та The Dyers' Company.

9. Лебеді починають розмножуватися у віці 3-4 роки, а їх яйця вилуплюються протягом 35-42 днів.

10. Лебеді мають понад 25,000 пір'їн на своєму тілі.

Шукай більше моїх книжок на Амазон

- **VEGETABLES FOR EVERYDAY**
- **ПРИГОДИ ЇЖАЧКА В ЧАРІВНОМУ ПІДЗЕМЕЛЛІ**

Printed in Great Britain
by Amazon

46095077R00046